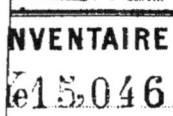
DEUX JOURS,

PAR AL. BAUDET.

« Souvenez-vous sans cesse que la patrie
a des droits imprescriptibles et sacrés sur
vos talents, sur vos vertus, sur vos senti-
ments et sur toutes vos actions. »

BARTHÉLEMY.

VERVINS.

Imprimerie de PAPILLON, lith., Rue des Prêtres.

1844.

DEUX JOURS

OU LE

DERNIER CHANT DE GLOIRE.

POËME EN SIX CHANTS.

A Monsieur Bonnet,

Ingénieur.

PRÉFACE.

La nationalité, ce puissant véhicule qui poussa les Alexandre et les César à s'immortaliser, paraît ne plus exister sous
notre beau ciel de France, — ou plutôt de nos jours, l'amour
de la patrie, pour la plupart des descendants de Brennus,

ressemble assez à une vierge que la vindicte publique se plaît à flétrir parce qu'elle montre à chaque mortel un regard souriant et ineffable.

D'un autre côté, il semblerait que les élans patriotiques, à partir de 93, ont usé en quelques années ce sentiment sublime que les anciens Gaulois révéraient à l'égal des dieux Dis et Teutatès.

Du moment qu'une tendre mère a perdu le fruit adoré de ses entrailles, son palais ou sa chaumière, ainsi que les ornements qui décorent l'un ou l'autre, ne frappe plus ses regards :

L'indifférence respire sur la couche de l'oubli.

De même, lorsqu'une nation a perdu sa flamme sacrée ou son amour patriotique, ses monuments sont regardés avec froideur, ou croulent bien souvent pour faire place soit à un bâtiment carré d'une architecture piteuse, soit à une place morte.

Ribemont, hélas! n'a que trop bien réverbéré la teinte des temps : car lorsqu'on frappa de réprobation les chefs-d'œuvre de l'antiquité, elle, la ville d'Anselme, répercutant ce fatal écho, renversa soudain sa porte sud ou de La Fère, faute d'autre monument plus précieux à démolir. — Elle ne négligea

point non plus, lorsque parut le badigeon qui souilla les co-
lonnades en marbre de la cathédrale de Milan, dans l'attente
de l'empereur d'Autriche; qui souilla les piliers de l'hôtel-de-
ville de Saint-Quentin et le portail de la cathédrale de Laon,
de revêtir d'une teinte glueuse sa superbe galerie en bois de
Saint-Germain. — Il y a comme une fatalité empreinte sur
le front de ce Ribemont, car, non content de cette *Saint-Bar-
thélemy* monumentale, il renversa encore sa butte formidable
de la tour de Chin. Je ne crois mieux faire que de m'unir à
Juvénal pour exprimer ma pensée à cet égard :

« On écrase avec rage ce qu'on a doré avec crainte. »

Les Ribemontois auraient dû comprendre que toute cité ne
peut vivre de gloire que par le respect ou le règne du passé ;
que le passé pour une ville est un dieu Lare pour les mortels
présents ; et que lorsque des citoyens renversent les édifices de
leurs pères, ils se frappent, se dégradent, s'avilissent eux-
mêmes.

Boulay-Paty chantait :

. . . .
» Car toute nation qui régna grande et forte,
» Dans la postérité, vit par ses monuments;
» On mesure sa taille à cette ombre fidèle,
» On voit ce qu'elle fut par ce qu'il reste d'elle;
» On reconnaît sa force à ses grands ossements ! »

Bien jeune encore, je foulai les vestiges qui nous restent de notre superbe antiquité; il me semblait qu'il régnait au milieu de ces ruines dispersées un cachet de grandeur, un symbole mystérieux de célébrité qu'une main négligente dédaignait de recueillir. Quel ne fut pas mon étonnement lorsque mes regards, se penchant vers l'histoire, eurent saisi que cette ville, ou plutôt que ce spectre de ville avait repoussé tant de fois les hordes barbares! Que cette ville si mourante, si déguenillée, avait, avec cinquante guerriers, arrêté le torrent de trente mille Espagnols pendant deux jours! Que cette ville comptait pour un de ses premiers aïeux le petit-fils de Charlemagne! Que sa justice de paix était naguères érigée en premier tribunal du Vermandois! — Dérision! m'écriai-je, Ribemont n'est pas l'ombre de lui-même! — Ribemont n'est pas le cénotaphe de Ribemont passé : Témoin ses souterrains par leur travail de Cyclopes!... Témoin ses hauts-faits écrits sur les fastes de l'ange exterminateur de l'Irminsule!..... Ramenons donc à sa splendeur première ce front royal découronné; montrons à ses enfants qu'il nous reste encore assez de nationalité pour réédifier le monument de gloire qu'ont à jamais rendu immortel tant de sang versé, tant de célèbres exploits.

*   *   *

Peut-être trouvera-t-on, dans le premier chant de cet

opuscule, que j'ai imité l'*apparition*, de Félix Davin, dans la première partie de sa *Vision*. — J'en conviens, mais j'ajouterai que si je lui ai emprunté la forme de son cadre fictif et imaginatif, pour entourer ma peinture historique, c'est que ce cadre allait avec la couleur de mon tableau, et non point parce que mon imagination m'empêchait d'inaugurer. Car, Dieu le sait, quoique Alexandre Dumas ait dit de Shakespeare qu'il était l'homme pour avoir le plus créé après Dieu ; — et quoique le Tasse et le Dante aient remué les magiciens et les effets de lumière, il restera toujours sous le voile mystérieux de l'imagination : — de la magie a inventer ; des rayons mystiques à faire briller ; des poisons à faire agir ; des spectres à faire apparaître ; — et des poignards, comme dit Victor Hugo, auxquels il manque une trempe de sang !

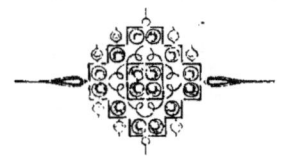

CHANT PREMIER.

ARGUMENT.

Introduction. — Prosopopée. — Reproches de la Vision. — Réponse du Poëte.

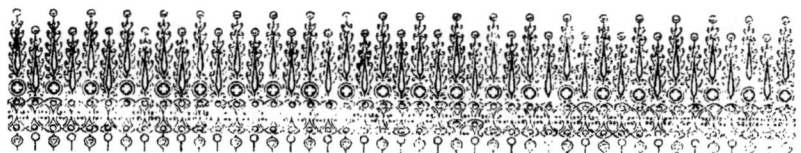

LA VISION.

De la reine des nuits les timides lumières
Argentaient de leurs feux les débris séculaires
De nos sombres remparts. L'heure retentissait
Sur le bronze sacré ; la brise caressait
Mollement le platane, et l'Oise vagabonde,
Unissant le refrain saccadé de son onde

A la marche de plomb du lansquenet de nuit,
Touchait seule parfois le lourd clavier du bruit
Sur le divan glacé du calme sur la terre.
Un silence suprême enlacé de mystère
Couvrait de son surplis notre antique cité,
Tel que l'espoir humain couvre l'Éternité.
Aucun bruit, aucun feu ne trahissait l'extase
Que le temps protégeait par l'azur de sa gaze,
Comme un fidèle amant protége le sommeil
De celle dont l'amour virginal et vermeil
Saura payer un jour dans un vol de tendresse
Son attente pudique aux portes de l'ivresse.
Mais le ciel tout-à-coup parut se rembrunir,
Échanger pour le deuil sa tunique d'Ophir......
L'extase aussi devint plus lourde.... solennelle;
Tel le repos sacré de la rive éternelle ;
Et la ville, et les monts, jusqu'alors radieux,
Parurent s'enfouir sous les voiles des cieux.

Silencieux, rêveur, je foulais ces ruines
Où croissent en tous sens les bouquets d'aubépines
Et les verts peupliers. J'aimais la majesté

De ces nobles débris, quand la pâle clarté
De Phœbé répandait d'un jet mélancolique
Ses rayons vaporeux sur leur aspect druidique.
J'errais de pierre en pierre aux pensers des malheurs
Qu'avait subis ma ville, et je versais des pleurs.

« Qui pourrait, » m'écriai-je, exhalant mes alarmes,
» Retracer l'Iliade et le chant de nos armes?
» Qui pourrait, ô ma ville! entonnant ces accords,
» Électriser nos cœurs de glorieux transports
» Dont le mode divin faisant tressaillir l'âme
» La fait rêver sous l'ombre et l'or de l'oriflamme,
» Tel qu'aux accords sacrés d'un chant dévotieux,
» Le cœur ami du ciel s'épanouit aux cieux!
» Faut-il, ô Charlemagne! interrogeant ton ère,
» Renier notre aïeul issu de ta poussière? [1]
» Faut-il, t'interrogeant, ô géant empereur!
» Ressaisir notre nom sur le champ de l'honneur,
» Sur ces fastes où l'or et l'azur, pour grimoire,
» Tracent les noms des preux sur le vair de la gloire?

[1] Par le comte Herbert, fils de l'infortuné Bernard *d'Italie*, à qui Louis-*le-Débonnaire* fit arracher les yeux en 818.

» Ou faudrait-il, suivant l'étendard de la Croix,

» Aller au Saint-Sépulcre admirer les exploits

» D'Anselme, sous les murs de la cité divine? [1]

» Mais, ô mon beau pays! quelle est ton origine?

» Et ces brillants combats, reflets de ton orgueil,

» Ne seraient-ils, dis-moi, qu'un rêve de cercueil?

» Ne seraient-ils qu'un lai mensonger de trouvère,

» Fleur qu'emporte le Temps de son aile légère?

» Mais d'où viennent ces murs, ces augustes débris?

» Parlez, siècles de sang, répondez à mes cris!.... »

J'avais dit, et soudain s'élança de la nue

Un éclair déchirant le cœur de l'étendue,

Sans que nul fracas ou nul bruit mystérieux

Ne suivit de sa voix le rayon sulfureux ;

Mais seulement le ciel apparut diaphane,

Tel un voile perlé de céleste sultane.

Alors sur un char d'or émané de l'éther,

Une sylphide, un ange, une divine Esther,

---

[1] Anselme II, qui participa à la première croisade avec Godefroy de Bouillon. Le même est fondateur de l'abbaye Saint-Nicolas-des-Prés.

Descendit vers mon ombre, au souffle de la brise,
Comme un rêve d'amour sur le front de Venise....
Une gaze perfide assombrissait ses yeux
D'où s'exhalaient la flamme et la fierté des Dieux.
Sa robe était de neige et sa tresse soyeuse
Folâtrait sur son sein, d'une joie amoureuse ;
De légères vapeurs, comme d'ambre et de nard,
La voilèrent longtemps à mon craintif regard,
Mais lorsque de son front l'auréole éclipsée
Eut banni l'immortel de sa tête baissée,
Je la vis, et pareille au lilas du matin,
Exhaler de ses traits un parfum séraphin.
Bientôt, quittant son char, sa marche rayonnante
S'arrêta sur le pic d'une brèche éminente,
Où, comme Jéhovah s'adressant aux Hébreux,
Vers moi son œil perçant se baissa soucieux,
Lorsqu'elle eut contemplé les vestiges superbes
Qu'enlacent de nos jours et la ronce et les herbes :

« Oui, » dit-elle, « vingt fois contre ces bastions
» Est venu s'émousser le fer des nations,
» Tels que les flots blanchis d'une mer furieuse

» Contre les bords béants d'une rive orgueilleuse.

» Mais alors, pleins d'amour et pleins de dévouement,

» L'honneur pour tes aïeux était un élément.

» Ensemble sur le champ meurtrier de la gloire,

» Ils mouraient en donnant à leurs rois la victoire,

» Comme une vierge qui, cédant à son ardeur,

» Laisse après sa défaite un Éden de bonheur.

» Là, sous le fier regard de ce donjon antique,

» A vagi le cornet à bouquin germanique ; [1]

» Mais le soleil couchant éteignit ces accords

» Par le fer de vos preux et la voix de leurs cors.

» Plus tard, l'aigle autrichienne à la moire brillante

» Brisa ses ailerons sous cette tour croulante. [2]

» Albion aussi vint montrer son léopard ; [3]

» Castille aux tours d'argent sur l'éclatant brocard ;

» Léon de ses lions à la gueule béante ;

----

[1] En 881, Louis, Roi de Germanie, fut arrêté devant le château de Ribemont, et forcé de retourner sur ses pas.

[2] Lorsque le comte de Saint-Pol brûla la ville, en 1571.

[3] En 1373, le duc de Lancastre n'osa attaquer le château avec une armée de trente mille hommes.

» Navarre et ses guerriers sous sa chaîne géante , [1]

» Sont venus tour-à-tour, essayant leur valeur,

» Attacher un fleuron à ton pays vainqueur ;

» Et moi , sœur de les preux , j'ai vu l'inique outrage

» Que vous , leurs descendants, rivez à leur courage !

» J'ai pu voir sans tonner démolir ces donjons

» Où croissaient des lauriers en place de ces joncs !

» J'ai pu , ne point frappant la pioche mercenaire,

» Briser dans mon courroux, par le feu du tonnerre,

» Ces fils dénaturés ! — Non , pas même un cyprès

» Ne montre à mes regards un soupir de regrets !

» Non, pas même une tombe, écho de leur mémoire,

» Ne montre à l'univers les fastes de leur gloire !

» Anselme ! toi , l'enfant de mon sublime orgueil,

» Pourquoi ne pas bondir au fond de ton cercueil?

» Pourquoi ne pas errer semblable à l'âme en peine,

» Sur ces noirs bastions où le lierre se traîne ,

» Jusqu'au jour où les mains de ces enfants ingrats

» Élèveraient un temple à ces dieux des combats ,

[1] En 1636 et en 1650, après plusieurs défaites , les Espagnols prirent la ville.

» Qui, pour sauver la France en proie à la détresse,

» Désertaient leur manoir et le miel de l'ivresse,

» En venant conquérir sous les chocs des combats

» Une palme immortelle, un glorieux trépas!

» Ah! soyez flétris, vous, descendants Héraclides,

» Qui souillez votre honneur par des coups parricides!

» Laissez ces vieux débris, par le salpètre épars,

» Présenter à vos fils un aspect de remparts,

» Un spectre souverain, pour qu'un jour leur génie,

» Errant des murs de Rome au ciel de Bythinie,

» Trouve un reflet réel de leur antiquité,

» Pour mener votre gloire à l'immortalité ! »

« — Déité magnanime, apaise ta colère,

» Ou sur tes enfants jette un regard moins sévère.

» Déité magnanime, apaise ton courroux :

» Sur les siècles passés nous pleurons à genoux ;

» Nos cœurs voudraient bientôt imiter la vaillance

» De ces héros altiers qui, pour sauver la France

» Des griffes du lion ou des plis du croissant,

» Ont brisé tout leur fer et versé tout leur sang !

» Si, dans le séjour saint d'une paix honorée.

» Nos mains ont renversé cette enceinte sacrée ,

» C'est que , forts par l'amour et l'honneur du pays ,

» Tels que Léonidas, bravant ses ennemis ,

» Nous pouvons , combattant au soleil pour la France ,

» Montrer à nos aïeux notre jeune vaillance :

» Qu'héritiers de leur gloire , intrépides guerriers,

» Nos fronts toujours seront avides de lauriers.

» Ah ! si vers nos coteaux et nos plaines riantes ,

» Apparaissaient soudain des hordes insolentes ,

» Avec leur souvenir, comme un Dieu dans nos cœurs,

» Nous sèmerions la mort sous nos glaives vainqueurs ;

» Car le divin penser de leurs nobles conquêtes

» Magnétise nos cœurs, électrise nos têtes :

» Mieux alors qu'un autel fait pour leur souvenir,

» Ces aïeux par nos coups se verraient rajeunir ;

» Leurs mânes consolés au bruit de la victoire

» Tressailliraient d'amour au chant de notre gloire.

» Reine de l'Empyrée, écoute ces accents,

» Et pardonne à tes fils si ces remparts gisants

» Ne sont plus érigés pour un but de défense.

» L'obusier, de nos jours, riant de l'éminence ,

» D'un élan trop facile entamerait nos tours

» Sans que nul fort voisin, leur jetant ses secours,

» Pût défendre nos murs des éclats de la foudre.

» Grande ombre, si tu vois ces murs réduits en poudre,

» Interroge le Dieu terrible du Destin :

» Dis à Thèbes où sont ses cent portes d'airain?

» Demande à Troie où sont les Hector, les Achille,

» Et son Palladium, et sa fière Sybille?

» Demande à Tyr où fut le fanal de son port?

» De Carthage, en vain cherche ou la trace ou le bord?

» De Rome, cherche aussi la grandeur indomptée?

» D'Athènes, montre-moi les lauriers de Platée?

» De Babylone, dis à mes sens éperdus

» Où brillent ses palais, ses jardins suspendus?

» Mais ne fais point sur nous descendre ta colère !

» Holocauste de Mars et des lois de la guerre,

» Nos fronts ont pu briller comme le front des rois,

» Puis tomber sur l'arène ensanglantés et froids

» Sans qu'un souffle propice, exhalant sa puissance,

» Puisse les ranimer du feu de l'existence.

» Vierge, tel fut le sort de ma vieille cité.

» Si tu daignais, cédant à ma témérité,

» Préluder sur ton luth les exploits de nos pères,

» Ma lyre à tes enfants, de ses notes guerrières,

» Redirait de ta voix les accords belliqueux ;

» Alors, tels qu'un écho de leurs faits glorieux,

» Nous sentirions nos cœurs sourire à leur mémoire

» Morte d'un seul revers sous dix siècles de gloire,

» Et nos fils, s'émouvant à cet hymne sacré,

» Béniraient, priant Dieu, ton récit révéré. »

« — Ecoute, jeune encor, l'éclat bruyant des armes,

» Étouffa de mon cœur la volupté des charmes :

» Fille de tes aïeux, je fuyais le manoir

» Où mes heures flottaient entre l'heur et l'espoir

» Pour marcher sous le casque et l'ombre des bannières,

» Repousser de nos champs les tigres sanguinaires

» Qui, désertant le sol de leurs pays ingrats,

» Venaient en tourbillons sur les flancs du trépas,

» Sur les ailes de feu de la faim, de la peste,

» Ravager nos vallons de leur glacis agreste;

» Mais la Mort, de ses bras blêmes et décrépis,

» Me renversa, moi, fleur, avec d'autres épis.

» Alors le Dieu des rois me sacra d'un sourire,

» Diadêma mon front des palmes du martyre,

» Et voulut que, veillant sur nos jeunes héros,

» Je guidasse leurs coups jusqu'au champ du repos.

» Depuis ce jour sacré, j'ai veillé sur vos armes,

» Vous jetant par combats, ou des fleurs ou des larmes.

» . . . .

» . . . .

» Écoute le dernier de leurs mâles exploits :

» Ma lyre tressaillant va s'unir à ma voix

» Pour te dire, ô mortel! cette antique défaite

» Écrite au nord des cieux, au front de la Conquête. »

Puis, accordant son luth, son chant mélodieux

Absorba mes esprits, les fit rêver aux cieux :

CHANT DEUXIÈME.

ARGUMENT.

Louis XIV. — Aspect de la ville, — État de la Fronde, — Robert. — Palmyre.

LE RÉCIT.

Louis régnait. — Son cœur déjà blasé d'ivresse
Languissait mollement au sein d'une maîtresse.
Conquérant des plaisirs et de la volupté,
Il bondissait d'amour et de félicité
En foulant sous ses pas les fleurs d'une prairie
Chatoyante d'atours et de galanterie.
La Vallière l'aimait d'un amour solennel,
D'un amour émané du sein de l'éternel ;

Mais lui, lui, le monarque expirant de délices,

Voulait de tous les lys recuillir les prémices.

Alors sa belle Esther s'éclipsa par Vasthi,

Tel que cent ans plus tard le vainqueur de Lodi

Devait, répudiant la douce Joséphine,

Échanger le bonheur contre un sceptre d'épine.

O contraste! aux soupirs d'un discret Trianon

Ce règne unit la voix lugubre du canon :

Ce règne de l'intrigue éclatant à Versailles,

Boit l'hypocras mielleux, quand le sang des murailles,

Descendant à grands flots sur le front des guerriers,

Enfouit par la mort les plus nobles lauriers.

Quoi! des soupirs d'amour lorsque la foudre gronde!

Quoi! des baisers lascifs, lorsque rugit la Fronde!

— Louis, des arts tu fus l'illustre protecteur,

Mais des Français tu fus le roi profanateur,

Car tu devais au moins gémir dans la prière,

Lorsque pour ton salut on rougissait la terre;

Tu devais tressaillir quand le bruit des combats

Prenait à chaque écho le sang de tes soldats,

Au lieu de t'énivrer sous l'aile d'une femme

Qui briguait ton souris sans te donner son âme !
Telle fut Montespan, telle fut Maintenon,
Fontanges, t'adorant de bouche, et de cœur, — non !
L'orgueil, cet hydre affreux qui révolta les anges,
Te porta jusqu'aux cieux aux parfums des louanges.
Pareil à Salomon, David, François premier,
Après les chants d'amours s'entendit le psautier......
Comme eux, en vieillissant dans les bras de l'ivresse,
Tu trouvas le néant au sein de la mollesse ;
Et ton cœur, jusqu'alors lascif, voluptueux,
Cramponna ses soupirs et son espoir aux cieux !

Tel qu'un vieil astrologue accoudé sur la rive,
Ta cité sur ses monts veillait toute pensive.....
Ceinte dans tous ses flancs de bastions altiers,
Comme des vieux barons les larges baudriers,
Elle rêvait d'amour, de paix dans le silence,
Sous le regard des Dieux et l'éclat de la lance.
Là, comme un fier géant inspectant l'horizon,
Le vieux fort ombrageait cent toises de gazon,
Défendait les neuf ponts interjetés sur l'Oise,
Mirant son front dans l'onde au reflet de turquoise.

Là, Saint-Pierre, Sainte-Anne et plus loin Saint-Denis,
Semblaient porter le ciel sur leurs clochers hardis,
Et paraissaient vouloir s'élancer de la terre
Pour connaître les Dieux et le premier mystère.
Et ces temples sacrés, cernés de toutes parts
Par l'airain foudroyant des tours et des remparts,
Disaient à l'étranger de leur voix solennelle :
Viens ici pour ouïr la trompette éternelle !

La Fronde de son ire assumait le remord ;
Turenne de l'Espagne avait quitté le bord,
Laissant Condé vouer au fond de l'Ibérie
Une haine implacable à sa belle patrie.
La Paix, — ange gardien des beaux-arts, de l'espoir,
Parfumait nos vallons de son pur encensoir ;
La Paix, cette déesse aux teintes si vermeilles,
Répandait à Versaille, à Paris ses merveilles.
Le peuple aussi vivait dans la sécurité,
En implorant les Dieux pour la prospérité
D'un roi qui, surpassant en splendeur Trébisonde,
Montrait à l'Univers le plus grand roi du monde !

Dans les heureux transports, de ce repos sacré,
Fleurissait dans les murs un amour ignoré ;
Un amour dérobé de la plage divine
A l'heure où devant Dieu, le Paradis s'incline ;
Un amour engendré du parfum de la fleur,
Sur la couche du ciel au souris du bonheur.......
Belle, Palmyre était belle comme l'aurore,
Disputant à Phœbus le feu qui le colore.
Cygne par sa blancheur, reine par son souris,
Du noble Assuérus elle eût conquis le prix.
De cette bouche, doux reflet de la grenade,
Un chant eût étouffé la tendre sérénade.
Sylphide qu'enviait l'ardente volupté,
Elle baignait ses jours au lac de pureté,
En mirant ses beaux traits aux sources du platane
Pour essayer d'y voir les charmes de Suzanne.
Lui, Robert, de l'amour présentait le regard,
Mais son œil velouté brillait comme un poignard,
Lorsqu'un jeune Adonis regardait sa Palmyre,
Comme pour mendier le reflet d'un sourire.
La cité pour son chef révérait ce guerrier,
Roland par ses aïeux, Renaud par le laurier.

Son Armide l'aimait d'un amour d'Élysée,

Brûlant tel que l'Hécla, pur comme la rosée.

Tous deux de cœur liés, tous deux anges d'amour,

Enchantaient les vallons à la chute du jour :

« Vois-tu, » disait un soir Robert à sa compagne

Exilée au penchant d'une sombre montagne :

« Vois-tu cet horizon de moissons diapré,

» Ces flots silencieux au reflet azuré?

» Vois-tu ces beaux coursiers à l'allure superbe

» Qui courent hennissant sur les couches de l'herbe?

» Cette ville à l'aspect fier et majestueux,

» Ce soleil tout de pourpre et de gerbes de feux?

» Eh bien! tous ces trésors, le sceptre de l'empire,

» S'effaceraient devant ton céleste sourire. »

— Alors dans ces moments couverts par le bonheur,

La brise traduisait les pensers de la fleur,

Et disait en baisant leur front avec tendresse :

« Des doux secrets des cieux je vous répands l'ivresse. »

Des lilas, les parfums s'émanaient en chantant :

» Étouffons par nos feux cet amour palpitant;

» Des célestes soupirs prolongeons la chimère

» En versant sur deux cœurs le pollen du mystère. »

L'astre roi leur traçait en faisant ses adieux :

« Par mon mantel de pourpre et mes jets radieux ;

» J'illumine et comprends la suave harmonie

» Des accents d'un soupir dans sa tendre agonie.

» Mes corrélations avec vos rêves d'or

» Sont comme les rayons que reflète un trésor.

» Ma flamme à vous parler dans vos regards expire,

» Dilatant dans vos cœurs l'extase du délire. »

L'écho disait aussi : « Le chœur des mes accords

» Répète avec amour vos célestes transports! »

Et le ciel, le ruisseau, l'oisillon, la verdure,

Ajoutaient à ces chants leur mystique murmure.

Eux, les jeunes amants, ne parlaient que des yeux,

Que de l'âme, à ces bruits doux et mystérieux,

Et lisaient dans ce livre ineffable, suprême,

Où chacun des feuillets dit et redit : Je t'aime!

Et discrets, tous les soirs, ramenés par l'amour,

Ils allumaient leur flamme à la tombe du jour........

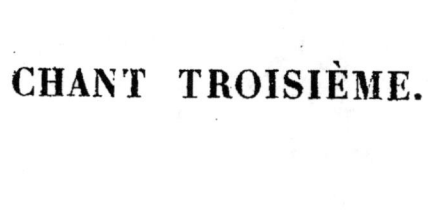

CHANT TROISIÈME.

ARGUMENT.

La Foi. — La Fête-Dieu. — L'élévation. — L'épouvante. — Le Serment.

LA FÊTE-DIEU[1].

Tes pères prosternés devant leurs saints portiques,
Encensaient l'Éternel d'harmonieux cantiques.
Trônant au milieu d'eux, la Foi, la Vérité
Conduisaient ces parfums vers la Divinité,

[1] En 1653, le 27 juillet fut le jour où, au moment même de l'élévat
l'ennemi apparut.

Telle que du Guido, l'Aurore aux doigts de rose
Conduit, sur un char d'or, sa flamme à peine éclose
De montagne en colline et de plaine en vallon,
Aux concerts de la brise, aux accords du frelon.
La Foi, sœur de la Vierge et du Maître des Maîtres,
Couvrait de son manteau le front de tes ancêtres;
La Foi, cette vertu sublime des humains,
La Foi, ce haut fanal des célestes chemins,
La Foi, cette chlamyde, azur de l'espérance,
Qui détruit de nos maux le poids et la souffrance;
La Foi, cet horizon de parfums et de miel,
Où passent nos soupirs pour se baigner au ciel,
En nageant sous des flots de baume et de mystère
Pour descendre sans lèpre au ponant de la terre;
La Foi, le seul bonheur des mortels ici-bas,
Respirait dans leurs cœurs sans luttes, sans combats.
Ils priaient, tes aïeux, sans plonger l'œil avide
Dans ce gouffre infernal pour y lire : Rien ! Vide !
Heureux, trois fois heureux, ils croyaient à ce Dieu
Qui bénit, qui protége, et qui garde en tout lieu.
Ils croyaient à la Vierge, à la Mère adorable
Qui vient, s'interposant entre un juge — un coupable,

Plaider avec amour la grâce d'un pécheur.

Comme elle plaiderait pour son fils : le Sauveur !

Leurs croyances, hélas! leurs sublimes cantiques

Ont cessé leurs accords dans vos temps anarchiques.

Alors, pieusement rassemblés par la foi,

Ils priaient pour leurs fils, ils priaient pour leur roi,

En demandant aux Dieux le repos de la France;

Pour leur âme, un sourire, un rayon d'espérance.

C'était dans ce mois où les roses, les bluets,

Unissent leurs parfums à l'encens des muguets;

Dans ce mois où les champs, de moissons, de culture,

Chargent de leur trésor le sein de la nature.

Tels que de longs rubans richement blasonnés,

Champs de coquelicots, de sainfoins carminés

S'allongeaient en trapèze au loin de la colline

Que vernissait un ciel pur, blanc comme une hermine.

On touchait à ce jour du chrétien révéré

Où le prêtre, vêtu de l'ornement pourpré,

Promène les traits saints de l'auguste Victime

Du nadir du village au sommet de sa cime.

Déjà l'orgue, l'airain, préludant leurs concerts,

Emplissaient de leurs voix et la ville et les airs,

Et faisaient incliner le front des jeunes vierges

Qu'embellissaient les fleurs et les rayons des cierges.

Tel que David allait, dansant la harpe en main,

Le cœur couvert d'amour et d'un éphod de lin,

Au-devant du Seigneur ou l'arche d'alliance :

Tels tes aïeux allaient, dans ces jours d'espérance,

Au-devant de ce signe adorable et sacré,

Courber leur front guerrier sur son chemin doré.

La foule d'un pas lent marchait sur la pervenche

Près des murs tapissés d'un réseau d'avalanche,

Aux accords éloquents des chants doux et flûtés

Comme sortis des cieux, ou des monts enchantés.....

De saint Germain martyr apparaissait la châsse,

Les bannières qu'un vent agitait avec grâce.

La pourpre, l'or, l'azur, les glands et les festons,

D'un dais empanaché, décoraient les frontons

Où le lévite seul, couvert d'or, d'écarlate,

Promenait l'Innocent que condamna Pilate !

Au-devant du Pontife et des traits rédempteurs,

Des vierges sans amour jetaient des flots de fleurs,

Tandis que des Joas, armés de l'encensoir,

Arrosaient de parfums le Maître de l'Espoir.

La marche se portait vers un autel champêtre

Où trônaient pour atour le sapin et le hêtre

Au milieu des cactus, des lys et du jasmin

Qui jonchaient les degrés du monument divin.

Au chœur de l'édifice, un tabernacle antique

Attendait le Sauveur du vieux paralytique.

Le peuple acheminé bientôt se prosterna,

Tel que fit, sous la foudre, Israël au Sina :

Et le prêtre du Christ, à la voix inspirée,

S'exila sous les fleurs de la niche sacrée,

Élevant vers les cieux le chant sacramentel......

Qu'elle est sublime, l'heure, où près de l'Éternel !

Votre âme d'ici-bas s'envole glorieuse

Sur les ailes d'azur d'une foi radieuse

Qui, comme un talisman à l'élévation,

Découvre à son délire une intuition ;

Où Jehovah, brillant de gloire et d'espérance,

Lui sourit dans les cieux.... mollement la balance....

Qu'elle est sublime, l'heure, où l'âme errant au ciel

Laisse couler à terre et sa larme et son fiel

Pour redescendre après sur la plage mondaine.
Blanche de tout péché, vierge de toute peine!
A terre ainsi penché, votre corps sans douleur
Vit dans l'inaction loin de l'âme sa sœur,
Comme un tombeau vivant vide de sa poussière;
Ou tel qu'un soir d'amour, sans écho, sans mystère..
Jusqu'à ce que, fuyant les étreintes des Dieux,
L'âme le ressaisisse à son retour des cieux.......

On dit qu'en ce jour saint, de la rive divine,
A l'instant où vibrait la clochette argentine,
La Vierge, surgissant dans l'espace azuré,
Découvrit à vos preux son sourire adoré,
Tandis que les martyrs, les séraphins, les anges,
Entonnaient sous ses pieds de suprêmes louanges,
Et qu'assis sur le Temps, le Roi de l'Univers
Bénissait d'un regard les mondes et les airs.

Tout à coup! au milieu du calme de l'extase,
Sourd... un écho, tel qu'un aquilon du Caucase,
Brisa sa voix au front de nos murs vieillissants.....
Les efforts du lévite expirent impuissants.

Vierges, femmes, enfants, resserrés dans l'enceinte,
Se heurtent à grand bruit, énervés par la crainte....
Épouvantés, l'écho redouble leur frayeur,
Rugit avec fracas, allume leur clameur.

« Aux armes! aux remparts! l'orgueilleuse Angleterre
» Unit ses légions aux tigres de l'Ibère;
» Aux armes! l'ennemi, non loin de nos remparts,
» Pavoise nos vallons de ses mille étendards,
» Traîne le fruit mortel des tubes volcaniques
» Au milieu des coursiers et des forêts de piques.
» Aux armes! Saint-Quentin, obéré de secours,
» Attache son salut à l'abri de nos tours,
» Jusqu'à ce que Turenne, arrivant dans ses plaines,
» Couvre ses bastions en dégageant nos chaînes.
» Jurez-donc par vos Dieux! jurez-donc, ô guerriers!
» De défendre vos murs du croc de ces limiers;
» Jurez-donc que leurs cœurs, bardés d'or et de moire,
» Serviront par vos coups de glace à votre gloire! »

On dit : et les héros, les glaives étendus,
A l'appel de l'honneur répondent confondus.....
Et tels que les sept Chefs assemblés devant Thèbe,

Jurent comme eux par Mars, par le ciel, par l'Érèbe!

Le prêtre aussi, quittant sa robe d'apparat,

Échange sa chasuble en l'acier du soldat,

Entonne vers le ciel de suprêmes cantiques

Qui semblent effrayer vos murailles antiques,

Comme si ces donjons, comprenant leur écho,

Prévoyaient le destin que subit Jéricho;

Cependant les guerriers, rayonnant d'espérance,

Répondent sur leur sang du salut de la France,

Et volent enflammés de courage au rempart,

Regardant l'ennemi d'un œil de léopard.

CHANT QUATRIÈME.

ARGUMENT.

La sommation. — La réponse. — Le siége. — Don Juan. — L'incendie. — L'orgie. — Le complot.

LE SIÉGE.

Tel on voit le lion secouer sa crinière,
A l'aspect d'un agnel dormant sur la bruyère,
Marcher vers lui d'un pas dolent et mesuré,
Savourant par avance un triomphe assuré :
Tels Condé, Don Juan, d'une marche tranquille,
Cernent de toutes parts les murs de notre ville.

Souriants de fierté, leurs superbes regards
Scintillent au milieu de trente mille dards.

La Mort devant la vie, Achille devant Troie,
Déployaient moins d'orgueil en face de leur proie !

Bientôt, d'un pas hautain et d'un œil arrogant,
Vers nos donjons s'avance un guerrier, un Argant ;

Son pied comme à regret paraît fouler la terre :
Du fer, de l'olivier, c'est le parlementaire !

La trompette résonne en éloquents accords
Et somme nos héros de lui livrer leurs forts,

S'ils ne veulent soudain que le feu de la foudre
Ne change en un éclair leurs bastions en poudre !

— Mais, répondit Robert :

                « Orgueilleux chevalier !

» As-tu donc jamais vu ces murs s'humilier

» Devant le Léopard et la hampe d'Espagne ?

» Sache que nous naissons du sang de Charlemagne !

» Sache que nos aïeux par les lauriers couverts,

» Firent de leurs exploits tressaillir l'Univers !

» Sache que bien des fois, sous ces sombres murailles,

» Le vautour de sa serre a meurtri vos entrailles ;

» Que vos drapeaux sanglants par nos aïeux épars

» Tels que de vils haillons tapissaient ces remparts!

» Et tu veux qu'aujourd'hui, nous, enfants de la gloire,

» Nous souillions de nos preux la sublime mémoire?

» Tu veux, que te rendant cette noble cité,

» On grave avec du feu sur nos fronts : Lâcheté!

» Il n'en est point ainsi, car avant de nous rendre,

» Nous avons du salpêtre et du sang à répandre!

» Nous avons dans nos cœurs un élan consacré

» Qui conduit à la mort par un sentier doré!

» Vous m'avez entendu, maintenant, duc de Ponce,

» Transmettez à Condé cette brève réponse;

» Ajoutez que Robert proclame que son nom

» Est le nom d'un infâme et du dernier félon :

» Que ses drapeaux, ornés de remords et de taches,

» Abritent sous leurs plis des Anglais et des lâches! »

Alors, des yeux des tours, des gueules des remparts,

Le bronze mugissant tonne de toutes parts,

Foudroie, anéantit ces Goliaths superbes

Qui mordent dans leur sang la poussière et les herbes :

Là, ce sont des coursiers sous la lance expirants;

Là, des soldats tombés, d'autres plus loin mourants,

Ici, des bruits de cors et lugubres et sombres
Qui mènent les soupirs des blessés vers les ombres.
Plus près, des chevaliers, des panaches flottants,
Des casques, des piquiers, de glaives dégoûtants
Entassés en monceaux dans le sang qu'on vendange,
Ressemblant aux démons terrassés par l'Archange.

À travers ce désordre, une voix dans les airs,
Telle que du semoûn les plaintes aux déserts,
Domine les accents, les adieux d'agonie;
Écoutez : l'Espagnol dans sa noire furie,
Va, foulant ses blessés, et piétinant ses morts,
Attaquer à grands coups vos portes et vos forts.
Éperdu, l'ennemi, tremblant sur ses cavales,
Bave de désespoir ses boulets et ses balles.
Déjà vos vieux remparts, par Saturne ébranlés,
Recouvrent les glacis des donjons crénelés;
Déjà plusieurs débris, éboulés près des portes,
Offrent à l'assiégeant un jour pour ses cohortes :
Don Juan l'aperçoit et hurlant de fureur,
Exclame vers vos murs: « Donc, aux vaincus, malheur!
» Je veux qu'un jour mes fils, parcourant ce rivage,

» En cherchent les débris comme ceux de Carthage !
» Ce refus pour ma gloire est un affront puissant
» Qui pour être lavé veut la flamme et du sang ! »

Il rugit, et bientôt d'un regard de panthère
Fait vomir à l'airain sa charge meurtrière ;
Lui-même, dirigeant le feu vers vos créneaux,
Frappe des bastions les bruyants fauconneaux.
L'obusier aussi fend de son cintre la nue,
Tombe, éclate, mutile, empourpre l'etendue,
Détruisant dans vos murs les temples de la Foi
A cette heure habités par le Deuil et l'Effroi !

La Nuit, reine d'amour à la teinte d'ébène,
Abaissa son manteau sur cette horrible scène,
Et chassa de vos tours le menaçant danger.
Funsaldingue, Condé, Don Juan, sans songer
A serrer de plus près vos rives palpitantes,
Rassemblèrent leurs chefs aux flambeaux de leurs tentes,
Et singèrent au son des clairons et des cors,
L'office solennel des mourants et des morts.
O profanation ! là, maudissant la vie,

Des soldats renversés, expirant d'atonie,
Entendent de leur roi le sourire offensant,
Tandis qu'ils meurent, eux, que clapotte leur sang !
Arrosant à grands flots le sol de la patrie
Pour ceux qui maintenant se vautrent dans l'orgie !
O princes ! quel Dieu donc ? quel pouvoir souverain
Vous permet de broyer les mortels sous l'airain ?
Vous, mortels, quel pouvoir insensé vous entraîne
A livrer sur un mot votre sang sur l'arène ?
O destin implacable ! ô destin trop fatal !
D'où vient donc qu'un mortel commande à son égal ?
Quel génie inconnu l'un à l'autre vous lie ?
Versant à l'un du miel, à l'autre de la lie ?
Monarque, souviens-toi qu'un jour le Juge-roi
A son saint tribunal t'appliquera sa loi ;
Que de tous tes sujets tu réponds sur ta tête
De leur sang répandu même dans la conquête :
Car ce sang, n'est qu'un prêt fait à la royauté
Par le Roi des humains et de l'Éternité !

Fort par ses légions, certain de la victoire,
L'Ibérien énivré sommeille sur la moire.

Vos guerriers de la flamme étouffent les transports,
Et d'un œil vigilant veillent près de leurs forts.
Phœbé depuis longtemps, couverte de nuages,
Suspend au nord des cieux le voile des orages.
Le zéphir de son souffle aussi, frôle la plaine
Où vos fiers ennemis rèvent à longue haleine.
La vierge, avec ferveur, vers le ciel sombre et noir,
Lève un regard humide où s'efface l'espoir,
Et le vieillard armé d'un large cimeterre
Incline tristement sa tête vers la terre.

Soudain Robert paraît, et couvert du cimier,
D'un accent inspiré s'adresse au chœur guerrier :

« Enfants de la valeur et frères de la gloire,
» Nos glaives enflammés veulent du sang à boire !
» Il est écrit : « Marchez, descendants de Juda,
» Frappez-les, tuez-les de Dan à Beersheba. »
» Tels que les Helvétiens à Charles-Téméraire,
» Brûlons la tente d'or de ce tigre d'Ibère,
» Et marchons sourdement dans nos élans vengeurs
» Pour épuiser sur lui le feu de nos fureurs.

» Il s'endort!... devant nous arborant la croix sainte,

» Je guiderai vos fers pour forcer son enceinte

» A franchir d'un seul trait et nos murs et nos monts !

» Et vous qui m'écoutez, mes héros, réprimons

» Ce transport de courage ; attendons que la plaine

» D'un repos plus glacé sous nos glaives les traîne ;

» Attendons que les plis de ces ombres aux cieux

» Tombent une heure encore aux monts silencieux...

» Et vous, nobles vieillards, et vous, vierges tremblantes,

» Gardez avec ardeur ces murailles croulantes...

» Recevez de ce pas nos baisers..... notre adieu.......

» Nous ramenons la gloire, ou nous touchons à Dieu ! »

. . . .

L'heure a sonné, guerriers, c'est fête pour la lance !

Amis, suivez Robert, suivez, mais chut!... silence!...

CHANT CINQUIÈME.

ARGUMENT.

La surprise. — Tableau. — Le combat. — Le retour. — La mort. — L'amante. — L'amour.

LA NUIT.

Oui, cinquante ils étaient, cinquante chevaliers[1],
Tous broyant, pleins de feu, leurs bouillants destriers.
Les voyez-vous, longeant au loin les Mirandoles[2],
Sourdre comme un volcan aux tentes espagnoles,

[1] La garnison ne se composait en effet que de çinquante soldats.

[2] L'armée anglaise et espagnole, sous le commandement de Condé, était campée entre Lucy et Ribemont, lieudit *les Mirandoles.*

Teindre de vermillon le ciel dans leur fureur,

Porter au sein du camp la mort et la terreur,

Et sourire à l'aspect du sang comme Tibère!

Quel infernal réveil! quel tableau pour l'Ibère!

Du sang, du feu, du fer, des plumets ondoyants

Frappent de l'Espagnol les regards flamboyants.

La soif du sang d'un jet ruisselle dans son âme,

L'échevelle, le mord en lui montrant la flamme,

Ses guerriers, ses soldats s'enfuyant éperdus,

Qui reçoivent la mort sans s'être défendus.

Sa voix à leur parler les glace d'épouvante :

Jusqu'à sa masse enfin, tout combat son attente;

Il pourfend, mais en vain ses efforts meurtriers

Frappent les descendants des vainqueurs de Poitiers;

Babel, l'ire, l'erreur s'unissant au carnage,

Promènent dans le sang la Parque qui surnage.

Profitant du désordre et des sourdes clameurs,

Comme aux Jours de Juillet vrais géants moissonneurs,

Vos guerriers, brandissant leur large cimeterre,

Terrassent Albion et renversent l'Ibère,

Faisant jaillir du feu de leurs fers damassés.

L'Espagnol et l'Anglais, l'un sur l'autre amassés,
De leurs derniers adieux vont obscurcir la nue......
N'importe, le combat à grand bruit continue :
Le vallon meurtrier n'émane qu'un soupir
Que l'écho du lointain se plaît à recueillir.
Et tel qu'un laboureur qui fredonne et qui traîne
Le roule sur ses champs pour en couvrir la graine,
Tels vos guerriers, foulant le val ensanglanté,
Profèrent vers les cieux : Victoire et liberté !
Et ce cri glorieux, dépassant la montagne,
De honte, fait rougir et l'Anglais et l'Espagne;
Tous deux désespérés se dévorent des yeux,
Tandis que leur orgueil se cabre furieux.
Ils contemplent la ville au lointain qui respire,
Mais de l'œil du Centaure en pressant Déjanire !

Des palmes, des baisers, des chants et des lauriers
Attendent près du fort le retour des guerriers.
Ils paraissent : — alors la fanfare éloquente
Va saluer les cieux de sa voix triomphante.
On s'empresse, on voudrait déjà que le soleil
Montrât son regard d'or et son disque vermeil

Pour admirer le sang, les larges entamures
Qui couvrent les cimiers et les sombres armures.
Voyez comme Palmyre erre furtivement
Sur les pas des hérauts pour revoir son amant;
Avec quelle terreur et quelle vigilance
Elle attend que le jour la rende à l'espérance.
Pauvre Héro! celui dont les rêves heureux
Illuminaient hier ton espoir et tes vœux,
Celui dont les pensers découvraient à ton âme
Un firmament nouveau de mystère et de flamme
En portant tes soupirs au de-là de l'Éther,
Sommeille maintenant, las, du sommeil de fer!
Hier, fatalité! — son regard vers la nue
Absorbait d'un reflet l'azur et l'étendue;
Son esprit d'un seul trait s'envolait radieux
Des limbes à l'Éden, et des pôles aux Dieux!
Enfin même aujourd'hui, quand grondait la mitraille,
Lui seul envahissait le cirque de bataille!
Maintenant, là, tombé, là, près de ce tilleul,
Il ne faut à sa gloire, à son nom qu'un linceul!
Viens, fille de Jephté, viens au-devant d'un père.....
Ah! malheureuse, fuis! — O Destin sanguinaire!

Et toi, Palmyre, viens contempler le seul roi
Qui posséda ton cœur, sanctifia ta foi :
Lui seul de ce combat a dirigé la gloire
Et payé de son sang tribut à la victoire ;
Il est là tout sanglant au milieu des guerriers,
Atteint au cœur, pendant à ses noirs étriers!....

Expirante, Palmyre exhale de son âme
Des sanglots étouffés de détresse et de flamme.
Elle incline son front sur le front du guerrier,
Et mutile ses mains à presser de l'acier....
Naguère la Pudeur, la couvrant de son voile,
L'éloignait d'un baiser comme un ver d'une étoile :
Maintenant que la mort a tranché les détours
Qui séparaient un cœur de ses chastes amours,
Cette enfant, jusqu'alors insensible et glacée,
Émane en désespoir l'ambre de sa pensée,
Met au monde un parfum virginal et sacré
Que l'époux dans ses nuits n'a jamais respiré :
Car sitôt que l'amant a brisé l'innocence,
Il ne respire plus de la divine essence
Que le dernier parfum qui dore un jeune cœur :

De même que le lys émane moins d'odeur

Lorsqu'on brise sa tige en l'arrachant de terre.

Que d'amour ! que de feu ! son âme est un cratère

Que recouvrit longtemps la blanche chasteté ;

Aujourd'hui cet Etna caché s'est dilaté ,

Lance tout à la fois le délire et l'ivresse :

On dirait un concert, un hymne d'allégresse

Mèlant sa voix puissante aux râles de la mort !

Dans la prostration cette vierge se tord ,

Pleurant seule un mortel, comme les trois Marie

Gémissaient sur le corps du Vainqueur de la Vie !

« Hélas ! hélas ! dit-elle en torturant ses doigts,

» Allez, ô mes soupirs ! allez dresser ma croix !...

» Allez dire à Robert sous la rive profonde

» Que je vais pour le voir m'affranchir de ce monde ;

» Que jamais ici-bas le penser de mon cœur

» Ne crut un seul instant aux rêves du bonheur,

» Parce que l'existence est un parterre où Flore

» Assombrit les boutons loin de les faire éclore ;

» Que chaque jour on voit fâner sa vision

» Par un rayon lugubre , une déception !

» L'humanité contient trop de larmes amères

» Pour respirer heureux dans son bal de chimères ;

» Ses coupes à l'aspect contiennent trop de miel

» Pour ne pas dans le fond ensevelir du fiel,

» Ou des pleurs, des soupirs dont l'affreuse sanie

» Découle des mortels jusqu'à leur agonie !

» — Tu l'as compris, Robert, mon cœur et son amour

» Dès longtemps sont à toi comme un soleil au jour ;

» Or, ce soleil a fui, — le jour que doit-il faire,

» Réponds ? — Le jour peut-il exister sans lumière ?

» — Va, mon âme, quittant son étroite prison

» Rêve le ciel, déjà dort à son horizon.. ..

» Je t'aimais d'un amour trop pur et trop céleste

» Pour baigner mes transports sur cette mer funeste.

» Le ciel, cette patrie azur des malheureux,

» Devait seul nous unir déifiant nos feux ;

» Mieux qu'un lien brûlant au val de la souffrance

» Notre âme dans les cieux sourira d'innocence ; —

» Et les Dieux rassemblés, témoins de nos douleurs,

» Verseront sur nos fronts des palmes et des fleurs..»

— Ainsi parlait la vierge, ainsi parlait Palmyre

Qui semble sommeiller, à l'heure qu'elle expire !...

CHANT SIXIÈME.

ARGUMENT.

Invocation. — Désordre. — La foudre. — L'éboulement. — Le carnage. — Conclusion.

LE SAC.

Puissances de l'Éther ! Esprits prodigieux !
Unissez à mes chants vos accents belliqueux.
Accordez à mon luth un mode poétique
Pour chanter de ce jour le combat héroïque.
Dites à ces mortels comment leurs vieux héros
Moururent en tombant aux pieds de leurs drapeaux !

Toi, Milton ! et toi, noble amant d'Éléonore,
Ajoutez à ma voix votre rhythme sonore ;
Car si tous deux, chantant le ciel et la valeur,
Vous avez célébré la gloire du Seigneur :
Ces guerriers pour la France ont immolé leur vie,
Quand l'Espagnol, l'Anglais la traînaient asservie !

Don Juan et Condé, repoussés des remparts,
Rassemblent dès le jour leurs bataillons épars.
La plaine par le fer étincelle couverte ;
Sous l'effort ennemi la tranchée est ouverte,
D'où l'airain reposé, rugissant de nouveau,
Fracasse vos donjons et n'en fait qu'un lambeau.
Comme à Carthage, femme, enfant, prêtre et vieillard,
Unissent leurs efforts en aiguisant le dard,
En portant des secours au héros qui succombe
A travers le boulet et le bris de la bombe.
On foudroie, — on répond, — tandis qu'à chaque pas
Volent dans la fumée un millier de trépas !
— L'ennemi, s'avançant comme une fourmilière,
Vomit sans arrêter sa grêle meurtrière,
Rampe de plus en plus secondé de renforts

Qui traînent l'obusier jusqu'au pied de vos forts.

Le bronze dégorgeant ses mortelles rafales,

Arrache à l'existence et du sang et des râles.

Le feu de tous côtés tournoyant dans les cieux,

Ajoute à cette scène un cachet plus hideux.

Des plaintes de mourants, des éclats volcaniques

Répandent confondus des chants diaboliques.

Les nuages d'azur paraissent s'assombrir :

La foudre aussi répand un jet qui vient blêmir

Vos aïeux qui, déjà repoussés par l'Ibère,

Ont maintenant contre eux la lave du tonnerre !

Au choc des éléments l'Espagnol et l'Anglais

De leurs noirs escadrons se serrent de plus près,

Roulant la couleuvrine et les ricochéts sombres,

Qui heurtant vos remparts, en brisent les décombres.

Alors le glaive au glaive, ou la lance au poignard,

Échangent par du feu leur sinistre regard.

Du sang ! -- toujours le sang des deux partis ruisselle

Chaque fois que le fer sur le fer étincelle.

Tels que mille lions autour d'un éléphant

Qui, quoique renversé, rugit et se défend :

Tel du grand Charles-Quint les descendants infâmes
Harcellent vos aïeux renversés sous les flammes.
Mourir.... il faut mourir ! — mais ce fatal accent
Lègue encore à leur fer une trempe de sang !...
Ils combattent — le nombre enflamme leur courage ,
Et leurs coups meurtrissants électrisent leur rage !....

Cependant l'Incendie , élevant son flambeau ,
Montrait avec horreur à vos preux leur tombeau !...
La vieille tour de Chin , depuis longtemps minée
Tel qu'un pic sablonneux par les eaux d'une année ,
S'éboula tout à coup sur les glacis du fort
En offrant à son tour un tribut à la mort !
A ce fracas maudit, les Castillans d'un rire
Surpassent la laideur du lynx et du vampire ,
Poussent au sein des airs d'horribles hurlements
Qui semblent secouer vos bastions fumants.
Tels que les vieux damnés des bords sombres du Dante,
Ils courent furieux dans la fumée ardente ,
Piétinent les mourants , déchirent les blessés
Que déjà la mitraille et le trait ont percés ;
Ils assouvissent l'ire atroce de leur rage

En dansant dans le feu , hurlant dans le pillage !
A leurs cris, les vieillards aux cheveux argentés ,
Comme un troupeau perdu courent épouvantés ;
Mais ces fiers ennemis, honteux de leur victoire ,
Assassinent soudain les témoins de leur gloire !
Vierge, femme, vieillard-, jusqu'au fils au berceau ,
Vont rougir de leur sang l'écarlate ruisseau ;
Et ces brigands altiers , poursuivant le carnage ,
Des cinquante guerriers vont cracher au visage ,
Foulant l'infortuné qui, poussant un soupir,
Meurt en voyant le fils qui dut le voir mourir !!....

Après ces Deux Jours, nul n'échappa de l'arène
Où se baigna l'Anglais, où se roula l'hyène.
Il ne resta de votre imposante cité
Qu'un souvenir de sang et de fatalité ;
Qu'un souvenir sacré de grandeur et de gloire
Que Turenne, bientôt guidé par la victoire,
Sut sceller par l'audace et de brillants exploits
Qui soumirent l'Ibère et l'Anglais à ses lois.

— Console-toi, mortel, leur trépas pour la France
A germé par sa gloire un cri de délivrance,
Et le nom de tes preux d'âge en âge porté,
Ira de siècle en siècle a l'immortalité !

★

— Elle se tait, le Ciel d'une simarre sombre
Envahit lentement son rayon et son ombre;
Elle fuit dans l'Éther comme un point lumineux
Qui meurt... meurt avec peine à l'horizon des cieux.....

FIN.

C'est avec toute l'effusion de la reconnaissance que l'AUTEUR remercie ses ABONNÉS du sentiment sympathique qui les a portés à accueillr son Livre. Il en est d'autant plus satisfait qu'il a vu que l'amour patriotique envahissait encore les cœurs, et que la Nationalité Ribemontoise, pareille au vieux guerrier dans la paix, peut encore tressaillir d'enthousiasme quand s'entend le clairon éclatant de l'Histoire.

L'AUTEUR regrette que sa position sociale l'empèche de terminer le deuxième volume des *Chroniques Ribemontoises au XIVe siècle*. Ce travail eut été pour lui une aspiration d'amour et de bonheur; — mais le positif le lui défend.

Du reste, il espère tout de l'avenir.

www.ingramcontent.com/pod-product-compliance
Lightning Source LLC
Chambersburg PA
CBHW070811260626
47161CB00006B/2239